우리의 주인공

올레오마가린 왕자 도난 사건

이야기는 개울물이 언덕을 흘러 내려가 울창한 숲을 지나갈 때처럼 흘러가야 한다.
개울물은 커다란 바위에 부딪힐 때마다, 쭉 뻗은 산줄기를 만날 때마다
흐름이 바뀐다. 흐름에 따라 형태는 바뀌지만 강바닥에 깔린 돌멩이나 자갈 때문에
멈추지는 않는다. 개울물은 하시도 직진하는 법이 없지만 씩씩하게 쉬지 않고
흐른다. 때로는 문법에 어긋나기도 하고, 또 때로는 말편자를 몇백 미터나
실어 나르기도 하고, 또 때로는 한 시간 전에 지나친 곳으로 돌아와
계속 맴돌기도 한다. 하지만 어쨌거나 계속 흐르고 흐른다. 여기에는 단 한 가지
법칙만이 있는데, 그것은 바로 이야기에는 아무런 법칙도 없다는 것이다.

— 마크 트웨인

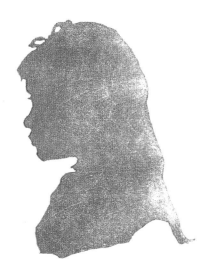

그러지 말고 아빠의 따뜻한 마음씨가 드러나는 이야기를 써 보는 게 어때?

― 수지 클레멘스

올레오마가린 왕자 도난 사건

마크 트웨인 원작

필립 & 에린 스테드 글·그림　김경주 옮김

arte

두 작가 중 한 작가가 독자들에게 보내는 편지

안녕,

내 이름은 필립 스테드. 너무 빨리 발음하거나 감정을 담아서 부르면 **필립은 죽었다**[*]처럼 들릴 수도 있지만 난 죽지 않았다. 그 점은 내가 확실히 말할 수 있다. 여러분은 아마 나를 모를 테고, 내 이름도 들어 본 적이 없을 것이다. 빠르게 발음했건 어쨌건 간에 말이다. 하지만 다들 마크 트웨인은 들어 봤을 것이다. 그는 나의 친구다. 그 친구가 나한테 이 이야기를 들려주었다. 물론 마크 트웨인은 지금 **이 세상 사람이 아니다**. 하지만 내가 아는 마크 트웨인은 나에게 이 이야기를 4분의 3 정도 들려주고 나서 차를 좀 더 따라 오겠다며 잠깐 방을 나갔다가 길을 잃고 사라져 버렸다. **휘리릭!**

트웨인이 얼른 찻주전자를 찾아서 돌아오기를 바랄 뿐…….

---

[*]필립 스테드(Philip Stead)가 '필립스 데드(Philip's dead)'로 들린다는 뜻.

1장

우리의 불운한 영웅이
어디에 사느냐면……

아주 주의 깊게 집중하면, 꼭 있어야 할 바로 그곳에서 자기 자신을 발견할 것이다. 사실은 여기서 그리 멀지 않은 어느 땅에서 찾아낼 것이다. 그리 멀지 않지만, 어딘지 몰라 절대 갈 수 없는 그곳. 나도 애를 많이 먹었다. 그 땅에 이름이 있긴 하지만, 발음하기가 무척 까다롭다. 제대로 발음해 보려는 모습이 품위 없어 보일 정도로.

물론 우리의 땅, 미합중국은 발음하기도 쉽고, 인생의 절반 정도만 소모하면 발견할 수 있을 정도로 출구도 찾기 쉽다. 벌써 이렇게 이곳과 그곳, 두 곳의 차이점 두 가지를 설명했다.

또 한 가지 고려해야 할 차이점이 있다. 우리의 이야기가 시작된 찾기도 힘들고 발음하기도 어려운 그 땅에서는 운 없고 배고픈 사람들이 평생 운 없고 배고픈 채로 산다. 반대로 미합중국에서는 모두가 공평하게 동등한 기회를 가진다. 그렇지 않다고 여기는 자가 있다면 그 자체로 엄청난 불경을 저지르는 것이다!

미시간일 수도 있고 미주리일 수도 있는 이곳에서는 운 없고 배고픈 사람들이 발끝에 뭐가 툭 차여서 내려다보면 금괴가 가득 담긴 그릇을 발견할지도 모른다. 유레카! 하지만 그곳에서는 운 없고 배고픈 사람들이 발끝에 뭐가 툭 차여서 내려다보면 그저 시들어 말라비틀어진 오래된 사과나무 뿌리밖에 발견할 수 없을 것이다.

그리고 그것이 바로 우리의 주인공 조니가 지금 막 발견한 것이다.

"유레카!" 조니는 소리쳤다. 조니는 유레카!라고만 하고 더 심한 말은 하지 않았다. 절대로 욕을 하지 않겠다고, 꼭 욕을 해야 할 필요가 있을 때도(그런 일은 종종 일어나기 마련이니까) 하지 않겠다고 오래전에 다짐했기 때문이다. 가난하고 초라하기 짝이 없는 조니의 할아버지는 둘만 있을 때도 줄창 욕을 했다. 할아버지의 욕은 그들의 불행한 집 지붕 위에 구름처럼 걸려 있었다. 언젠가 조니가 아주 어렸을 때, 이 욕설의 안개 속에서 길을 잃는 바람에 절망해 죽어 버린 비둘기 떼가 배를 드러낸 채 지붕으로 떨어져 내렸다. 실제로 일어났던 일이다. 이 또한 조니가 도덕의 나침반을 지니고 다니기로 결심한 이유이다. 길을 잃고 헤맬 때 가야 할 방향을 찾으려면 필요할 테니까.

조니는 다른 가족이라곤 알지 못했다. 그래서 할아버지가 있다는 사실이 그나마 조니의 인생에서 가장 낙관적인 부분이었다. 하지만 아무리 낙관적인 사람이라도 세상의 수많은 크고 작은 비극부터 먼저 떠올리기 마련이라, 이 시점에서 우리는 인류애를 발휘하여 여러분에게 냉혹한 현실을 다시 상기시킬 수밖에 없다.

바로 조니의 할아버지가 나쁜 사람이라는 사실 말이다.

조니의 할아버지

조니의 하나뿐인 진정한 친구는 특이한 이름을 가진 우울한 닭이었다. **전염병과 기근.** 어쩌면 예전에는 닭이 두 마리였을 것이고, 하나는 '전염병', 하나는 '기근'이었을지도 모른다. 하지만 이번에도 역시 현실을 받아들여야 한다. 이제는 닭이 한 마리뿐이고 두 개의 이름을 붙여서 부르고 있다는 사실을 말이다.

전염병과 기근

전염병과 기근은 조니의 상처 난 발가락이 안쓰러운지 부리로 힘없이 콕콕 쪼아 댔다.

"고마워, 괜찮아질 거야." 조니가 말했다. 그러고는 한 발로 폴짝폴짝 뛰어다녔다. 그러자 닭도 그것이 제 할 일이라는 듯 똑같이 따라 했다. 조니는 오랜 친구에게 미소를 지었다.

사실 이 닭이 이런 이름으로 불리게 된 것은…….

조니가 기억하는 한, 할아버지는 하루를 이렇게 시작했다. 괜히 마당에 대고 빽 소리를 지르고, 땅을 걸어차 허공에 흙을 흩뿌리고, 딱히 누구한테라고 할 것도 없이 이렇게 외쳐 댔다. **전염병과 기근! 전염병과 기근!** 그러면 전염병과 기근은 잠시나마 우울한 기분을 내려놓고 아주 재미있어하면서, 삐삐 마른 두 다리로 뛰어다니고 누더기 같은 두 날개를 펄럭거리며 즐거워했다. 이렇게 한바탕 난리굿을 치고 나면 할아버지는 집으로 들어가 먼지투성이 바닥에 누워 해가 중천에 뜰 때까지 낮잠을 잤다. 할아버지는 자면서 나지막이 중얼거리기도 하고 감미로운 사랑 노래를 흥얼거리기도 했다. 조니가 할아버지를 제일 사랑했던 순간이다.

조니는 할아버지한테서 다정한 말을 두 마디 이상 들어 본 적이 없었다. 그래서 할아버지가 무너져 가는 판잣집에서 마당으로 내려와 "괜찮니? 걸을 수 있겠어?"라고 물었을 때, 엄청나게 놀랄 수밖에 없었다.

조니는 뛸 듯이 기뻐하며 대답했다. "네! 괜찮아질 거예요. 물어봐 주셔서 고마워요, 할아버지!"

"그래, 그럼 시장에 가서 저 닭을 팔아 먹을 것 좀 사 와." 할아버지가 대꾸했다.

2장

가두 행렬과 마주치다

이곳과 그곳의 차이점이 또 하나 있으니, 그것은 바로 길이다.

미합중국에는 사방에 길이 나 있다. 손대는 일마다 줄줄이 말아먹는 사람들이 떼를 지어 보트를 타고 몰려와 이 땅의 원래 주인들을 몰아낸 이후로, 숲을 파괴하고 강과 개울이 흐르는 황무지를 콘크리트로 모조리 덮어 버리는 일이야말로 우리의 신성한 임무였던 것이다. 아멘!

조니의 땅, 그곳에는 길이 딱 하나뿐이었다. 사람들과 그들이 키우는 닭들이 이 길 밖으로 나가는 일은 있을 수 없었다. 무자비하고 위험천만한 야생의 한복판을 가로질러 쭉 뻗은 길은 아무도 가 본 적 없는 어딘가로 몇십 킬로미터고 하염없이 이어지고 있었다. 이 길의 적막한 한쪽 끝에는 조니의 보잘것없는 집이 있었고, 그 반대편 끝에는 왕의 성이 있었다. 성 주변을 둘러싼 시장과 광장은 시끌벅적했다. 사람들은 왕의 백성들이라는 자부심을 견디지 못해 춤추고 노래했고, 노새 경주를 벌였고, 소매치기, 도둑질, 공공기물 파손, 도박 등의 범죄를 저질렀다. 길거리에서는 죄인을 채찍으로 다스리는 광경을 흔히 볼 수 있었고, 종일 가두 행렬이 이어졌다. 당연히 조니는 처음 보는 광경이었다. 평생 집 밖에 나와 본 적이 없으니 당연한 일이었다.

조니는 절뚝거리며 걸어갔다. 전염병과 기근이 그 뒤를 졸졸 따라왔다. 머리 위에서 뜨거운 태양이 타오르고 있었다. 가여운 닭이 뒤따라오기를 기다리며 조니는 잠시 멈춰 이마를 훔쳤다. "다른 집에 가면 더 좋을 거야." 조니는 부드럽게 말했다. 맥없이 축 처진 이 새에게 격려가 될 만한 말을 해 주고 싶었던 것이다. "난 네 친구지만 너한테 해 줄 수 있는 게 거의 없어. 운이 좋으면, 친절한 농부가 널 데려가서 잘 먹여 줄 거야." 조니는 허리를 숙여 전염병과 기근의 머리를 다정하게 쓰다듬었다. 조니는 이 닭을 사랑했고 녀석의 처지를 가엽게 여겼다. 하지만 우리 모두가 알고 있는 사실을 조니도 모르지 않았다. 아주 극소수의 닭들만 행복하게 생을 마감한다는 사실 말이다. 이것은 엄연한 현실이고, 우리는 이 현실을 무시해서는 안 된다.

조니는 앞에 서고 닭은 뒤따르며, 두 친구는 비참한 이 여정을 계속 이어 나갔다. 둘은 배가 고파져 배에서 꼬르륵 소리가 나면 나무 껍질을 씹어 먹고 쪼아 먹으면서 사흘을 걸었다. 잠은 길에서 조금 잤을 뿐 거의 자지 못했다. 둘 중 누구에게도 좋지 않았다. 하지만 이 여정의 슬픈 면면들은 그만 들여다보아야겠다.

대신, 시간을 아껴 바로 결말로 넘어가도록 하겠다.

목적지에 도착하자마자, 조니와 닭은 전혀 생각지 못한 가두 행렬에 휩쓸리고 말았다. 트럼펫 몇 개와 드럼 몇 개 그리고 지나치게 많은 심벌즈가 있었다. 깃발과 울붉은 지휘봉과 이상한 제복 차림에 우스꽝스러운 모자를 쓴 사람들로 가득했다. 금메달을 주렁주렁 목에 건 한 남자가 머리 위로 기다란 칼을 사납게 휘두르고 있었다.(왜 그러고 있는지는 불분명했다.) 그리고 까무러칠 듯이 기뻐서 환호하는 구경꾼들이 떼를 지어 있었다. 물론 대포도 있었다.(가두 행렬에는 늘 대포가 있기 마련이다.) 대포를 미처 보지 못한 조니는 뒤에서 귀청이 터질 듯한 대포 소리가 터지는 바람에 엉덩방아를 찧었고, 자칫 날개 달린 친구 녀석을 납작하게 짜부라뜨려 안 그래도 초라하기 짝이 없었던 녀석의 인생을 예정보다 일찍 끝마치게 만들 뻔했다. 전염병과 기근은 한숨을 내쉬었고, 앞서간 수많은 닭들을 생각하며 이렇게 한탄했다. 왜 하필 나야?

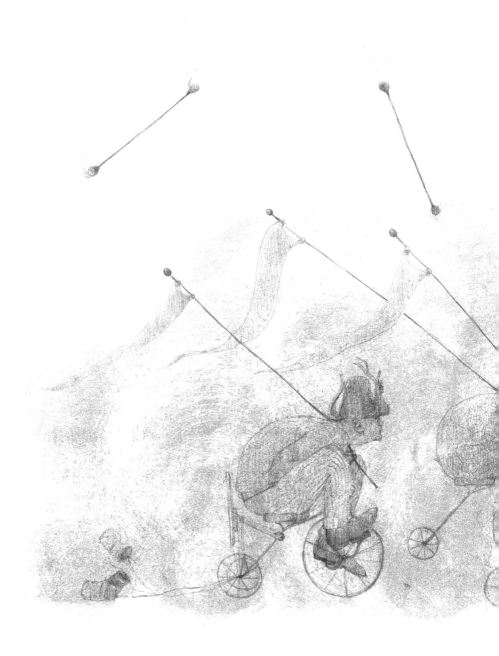

가두 행렬은 모두를 위한 것이 아니다. 가두 행렬은 일찍 일어나는 걸 정말정말 좋아하고 눈 뜨자마자 시끌벅적 소란 피우기를 좋아하는 사람들을 위한 것이다. 이 정도 소음이 조니와 닭의 세계에는 존재하지 않았다. 그래서 엄청난 소음 속에서 아무렇지 않게 웃고 떠드는 사람들이 둘의 눈에는 낯설게만 보였다.

물론 이 불쾌하기만 하고 새로울 것 하나 없는 행사에서 조니를 빼내 조용한 장소로 데려가는 것이야말로 내가 가장 바라는 일이다. 하지만 그러기에 앞서, 이 **특별한** 가두 행렬에는 꼭 짚고 넘어가야 할 기묘한 점이 있었으니 행렬에 참여한 모든 사람이 길바닥에 아주 작고 중요한 무언가를 떨어뜨리기라도 한 것처럼 고개를 숙이고 몸을 구부린 채 걷고 있었다. 환호하는 군중들도 마찬가지로 몸을 구부정하게 웅크린 자세로 서 있었다. 어딜 보나 차렷 자세로 똑바로 서 있는 건 아이들과 동물들뿐이었다.

조니는 용기를 내어 늙고 피곤에 지친 당나귀에게 물었다. "저기요, 죄송하지만 사람들이 전부 왜 저러고 있는 거예요? 왜 다들 구부정하게 걷거나 서 있거나 한 거예요?"

당나귀는 이유를 안다는 듯이 시끄럽게 히힝 울어 댔지만 조니는 그 울음의 의미를 이해하지 못했다. 턱수염을 기른 사내가 조니를 돌아보더니 다짜고짜 망치를 휘둘러 댔다. 두 눈이 낙관주의에 젖어 있는 그는 인상을 찌푸리며 큰 소리로 말했다. "옆으로 비켜서, 인마!"

그런 다음 사내는 왕궁에서 가져온 두루마리를 펼쳐 조니 옆에 있는 나무에 박았다. 나무는 신음 소리를 내며 다시 한 번 녹슨 못이 몸통에 박히는 아픔을 참아 냈다. 조니는 그 모습을 보며 생각했다. 저 많은 못을 빼 주면 나무는 자유로워질 텐데. 이 길을 따라 내려가 더 좋은 땅으로 갈 수 있을 텐데. 하지만 지금 이 나무는 꼼짝도 할 수가 없었다. 몇 년간 사람들이 못으로 박아 놓고 그대로 방치해 둔 포고문들이 나무를 짓누르고 있었다.

새로 박힌 포고문에는 이렇게 쓰여 있었다.

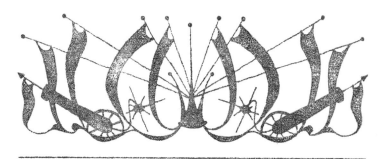

왕의 포고문

오늘의 가두 행렬은

최근 짐의 왕국을 지독히도 괴롭힌 원수,
다시 말해 극단적으로 키가 큰 놈들과 맞서 싸운
짐의 군사들의 영광스러운 승리를
축하하기 위한 것이다.

짐은 무한한 지혜와 체력을 바탕으로
모든 남녀에게 가장 적합한 키를
증명해 보였다.

오늘 이후로 짐보다 더 키가 큰 자는
짐의 권위를 모독하는 것이며
영원히 이 왕국의 적으로 간주될 것이다.

턱수염 사내

"여어어엉워어어언히이이이." 턱수염 사내가 미소를 지으며 말했다. 남자들이 다른 사람의 희생으로 뭔가를 얻었을 때 짓는 그런 미소였다.

전염병과 기근은 길바닥에 주저앉았다. 거리의 소란이 녀석에게는 버겁기만 했다.

"죄송한데요, 아저씨가 생각하기엔……." 조니가 말을 꺼냈다.

"우린 생각하지 않아!" 사내는 대답했다. 그건 그랬다. 밴드의 연주는 음이 하나도 맞지 않아 시끄럽기만 했고, 군인들은 허둥지둥 길 아래로 내려가기 바빴다. 조니와 비탄에 빠진 그의 친구는 마음속 당황과 불안이 사그라질 때까지 한참을 기다렸다가 군인들과 밴드가 지나간 뒤에 남은 먼지구름을 따라갔다.

얼마 지나지 않아, 둘은 시장 거리에 들어서게 되었다. 사람들이 분주히 오가는데도 시장은 이상하게 어두침침했는데, 거대한 왕국의 거대한 성벽 때문에 생긴 거대한 그늘 아래 있었기 때문이다.

두 작가 중 한 작가의 또 다른 편지

여러분은 틀림없이 이 책 도입부에서 내가 남긴 「두 작가 중 한 작가가 독자들에게 보내는 편지」를 읽었을 테니, 나 혼자서 이 이야기를 쓰지 않은 건 잘 알고 있을 것이다. 이건 내 친구 마크 트웨인이 내게 들려준 이야기이다.

트웨인과 나는 한두 가지 공통점이 있다. 예를 들면, 우리 둘 다 M으로 시작하는 지역 출신이다. 나는 미시간주에서 왔고, 그는 미주리주 출신이다. 이 세상에는 정말정말 혐오스러운 곳이 많지만, M으로 시작하는 도시 중에는 그런 곳이 없다, 단 한 군데도!

그렇기는 하지만, 트웨인은 미주리주를 떠나 네바다주, 캘리포니아, 하와이, 뉴욕, 런던, 뭄바이, 프리토리아, 피렌체, 파리, 이집트, 코네티컷, 그 밖에 여러 도시에서 살았다. 하지만 그 어느 도시도 그 고향보다 좋지는 않았을 것이다.

나는 일생의 대부분을 미시간주에서 보냈다. 그래서 마크 트웨인이 내게 찾아온 것이다.

우리는 미시간호수 중앙에 있는 어느 섬의 오두막에서 만났다. 오두막집에서는 톱으로 갓 자른 나무의 냄새가 났다. 우리는 청량한 9월 오후의 햇살을 받으며 밖에 앉아 있었다. 트웨인은 이 이야기를(4분의 3가량) 들려주었고, 난 내가 할 수 있는 한 최선을 다하고 있었다. 이렇게 말하니까, 귀를 쫑긋 세우고 열심히 그의 이야기를 들었을 것 같지만, 사실 그러진 않았다. 마크 트웨인은 차를 마셨고, 난 커피를 마셨다. 그는 이야기를 했고 난 내게 인사하러 온 동물들의 이름을 공책에 쓰고 있었다.

잠자리.

족제비.

검은 다람쥐 세 마리.

마지막으로 꽁지깃에 검은 물방울무늬가 있는 노르스름한 새.

이 세상에는 볼거리가 너무 너무 많다! 그렇지 않은가?

우리가 만난 이 섬에도 이름이 있다. 비버섬. 수백 년 전에는 비버섬에 비버가 많이 살았다. 하지만 머리가 벗어지기 시작한 유럽 관광객들이 섬에 들렀고, 그들은 비버들이 멋진 모자 같다고 생각했다. 그리고 휘리릭! 이제 비버는 한 마리도 남지 않게 되었다.

비버섬에는 비버 말고 상냥한 모르몬교 정착민들도 많이 살았다. 170년하고도 몇 년 전, 제임스 제시 스트랭이라는 낙천주의자가 식민지를 개척할 목적으로 비버섬으로 고상한 사람 몇 명을 데려왔다. 그들은 도로와 다리를 건설하고 그 밖에 쓸모 있는 것들도 많이 세웠다. 심지어 신문도 발행했다. 매일 신문 헤드라인에 뭐라고 쓰여 있었는지 아는가?

모두가 좋은 시간을 보내고 있다.

제임스 제시 스트랭은 스스로 이 섬의 왕이라고 선언한 다음 모든 게 다 괜찮다고 공표했다. 그 후로 스트랭 왕은 몇 차례 더 포고문을 발표했지만 별다른 호응을 이끌어 내지 못했고, 결국 비버섬에 살던 거의 모든 비버들과 마찬가지로 죽음이라는 최후를 맞이했다. 딱 한 가지 중요한 차이점이라면, 스트랭의 가죽을 벗겨 모자를 만든 사람은 아무도 없었다는 것. 나름 배려한 거라고 생각한다.

왕에게는 이런 끔찍한 일들이 일어나게 마련이다. 사람들이 왜 굳이 왕이 되겠다고 나서는지 궁금할지도 모르겠다. 하지만 그건 내 알바 아니다.

"그래서, 그 닭은 어떻게 되었습니까?" 나는 마크 트웨인에게 물었다.

3장

세상에서 가장 희귀한 닭

조니는 아무 대책도 없이 시장으로 걸어갔다. 시장은 소란스럽고 악취가 진동했으며 폭력이 난무했다. 조니는 전염병과 기근이 행인들 발에 밟히지 않도록 녀석을 들어 가슴께로 가져갔다.

"저기요……." 조니가 소에게 말을 걸었지만, 막상 뭐라고 말을 이어야 할지 몰라 가만히 있었다. 대화하는 방법을 배운 적이 없었기 때문이다.

하지만 소는 참을성 있게 기다려 주었다. 사실은 한가로이 길바닥에 누워 공상에 빠져 있었다.

조니는 소의 눈동자를 통해 그가 빠져 있는 공상을 들여다볼 수 있었다. 소의 공상 속에는 온통 푸른 들판이 펼쳐져 있고 민들레가 가득했다. 그렇게 조니가 병약한 닭을 품에 안은 채 우두커니 서서 공상에 빠진 소를 바라보고 있는데, 분노에 찬 목소리가 들려왔다.

공상에 빠진 소

"뒤로 물러서! 그 소는 내 거야!"

조니는 몸을 돌려 고함치는 남자를 보고는 얼른 허리를 푹 숙였다. 그런 다음 주변 사람들처럼 구부정하게 웅크린 채로 서둘러 자리를 피했다.

남자는 긴 막대기로 소를 때리며 꽥 소리쳤다. "가자!"

조니는 남자와 소에게 길을 열어 주려고 했지만 뒷걸음질을 치다가 그만 발을 헛디디고 말았다. 처음에는 토끼털이 잔뜩 든 가방을, 그다음에는 빈 위스키 병을 밟고 결국에는 순무를 실은 마차 위로 넘어져 길바닥을 온통 순무 천지로 만들었다. 소는 이 틈을 타 냉큼 순무 하나를 주워 물었다. 그리고 매를 한 대 더 벌었다.

"똑바로 보고 다녀, 이 녀석아!" 순무 장수가 소리쳤다. 순무 장수는 조니를 길바닥으로 밀쳐 냈고, 조니는 교수대를 향해 덜컹덜컹 굴러가는 마차 바퀴에 깔릴 뻔한 걸 간신히 피했다. 죄수들은 조니에게 야유를 퍼부으며 철창 사이로 침을 뱉었다.

하루 종일 이런 일이 계속 일어났다. 그래도 조니는 절망에 빠진 닭을 꼭 붙들고 있었다.

이따금 조니는 성벽을 올려다보았고, 그때마다 자신의 추레한 모습과 마주했다. 구멍 난 옷, 신발 대신 두 발에 동여맨 닳아 해진 가죽 조각. 평생 단 한 번도 가져 본 적 없는 온갖 물건들의 무게가 어깨를 짓누르는 것처럼 느껴졌다. 배가 고프다는 사실은 무시하려고 애썼다. 맛있는 꽃이 만발한 들판에 서 있는 소라고 상상해 보려 했다. 하지만 그럴 수가 없었다. 그래서 조니는 흙바닥에 주저앉아 울기 시작했다.

그때 상냥한 목소리가 들려왔다. "한 푼만 주세요."

조니는 고개를 들어 보았다. 그림자조차 드리우지 못할 정도로 바싹 마른, 앞을 보지 못하는 노파가 서 있었다. 아주 조그마한 노파였다. 너무 작아서 노파의 뼈를 다 펼쳐 놓고 노파가 살아온 세월의 무게를 다 더해도, 왕의 노여움을 겁내지 않고 **똑바로** 서 있어도 될 것 같았다.

키가 작고 초라한 모습이었지만 조니는 그 노파가 아름답다는 걸 알 수 있었다. 여인의 이목구비는 완벽했다. 눈 색깔이 이상한 왼쪽 눈만 빼면. 노파가 생명 활동의 증거로 딸꾹질을 한 번 하자 믿기 힘들 정도로 현실적인 사랑스러움이 뿜어져 나왔다.

"한 푼만 주세요." 노파가 다시금 떨리는 두 손으로 나무로 된 잔을 내밀었다.

"죄송해요. 전 할머니에게 줄 수 있는 게 하나도 없어요. 가진 거라곤 이 닭밖에 없거든요. 만일 눈이 보인다면, 이 녀석은 안 가진 것만 못하다는 걸 대번에 알아볼 텐데요. 짜증도 잘 내고 몸도 성치 않은 닭이거든요." 조니는 계속 말을 이었다. "그렇지만 지금까지 이 녀석이 살아온 삶보다 조금이라도 나은 삶을 살게 해 주겠다고 약속한다면 할머니가 이 녀석을 데려가도 좋아요. 이 녀석은 좋은 친구가 되어 줄 거예요."

"내가 장담하는데" 하고 마크 트웨인은 허공으로 찻잔을 들어 올리며 말했다. "이 세상에는 사람들이 알고 있는 것보다 훨씬 더 많은 닭이 있지만, 이유 없는 호의를 받아 본 닭은 세상에서 가장 희귀한 존재야."

　"고마워요." 노파가 대답했다. 여인은 조니의 어깨에 한 손을 올리고 몸을 바짝 숙였다. "이제 내가 뭘 좀 줄게요." 노파는 가방에 손을 넣어 담청색 씨앗을 한 움큼 꺼냈다. 씨앗은 노파의 가느다란 손가락에서 조니의 손바닥으로 떨어졌다. 씨앗은 셔츠 단추 절반 만했다. 노파처럼 소박하지만 아름다운 씨앗이었다.

　"이 씨앗은 아주 오래전 나이 지긋한 여인에게 친절을 베푼 대가로 받은 것이에요. 그 여인은 요정이었던 것 같아요……."

"그 노파가 요정이라는 걸 어떻게 알았습니까?" 나는 물어봤다.

"왜냐하면 그 나이 지긋한 여인의 키가 11.5센티미터밖에 안 됐거든. 이건 과학적으로 내린 결론이야. 자, 내가 이야기를 할 때는 방해 좀 하지 말아 줘." 마크 트웨인이 대답했다.

노파는 조니에게 설명했다.

"이 씨앗은 엄청 힘든 상황이 왔을 때에만 심어야 돼요. 심고 나서는 확신을 갖고 결과를 기다려요. 봄에 씨앗을 심고, 동이 틀 때와 밤 12시 정각에 물을 줘요. 항상 씨앗을 돌봐 주고 순수한 마음을 간직하고요. 불평하고 싶어도 참아야 합니다. 꽃이 피면, 그 꽃을 먹어요. 그 꽃이 당신을 배부르게 해 줄 거고, 당신은 두 번 다시 허기를 느끼지 않을 거예요."

마크 트웨인은 말을 멈췄다. 파리 한 마리가 그의 찻잔에 빠져 가엾게도 빙빙 원을 그리며 허우적대고 있었기 때문이다.

"그다음에 어떻게 되었는데요?" 나는 물었다.

"노파는 죽었어." 마크 트웨인이 말했다.

"곧바로?"

마크 트웨인은 숟가락으로 파리를 꺼내 구출해 주었다. "그보다는 일단 그 여자가 닭을 잡아먹었다고 하는 게 낫겠지?"

"안 돼요, 그 여자가 닭을 잡아먹었다고 하는 건 좀……."

"그럼, 자네 혼자 이야기를 쓰든가……."

그리하여 나 혼자 써 본 이야기

노파는 두 팔로 부드럽게 닭을 감싸 안고는 천천히 자리에서 일어나 저 멀리 사라져 갔다. 노파는 걸어가면서 감미로운 사랑 노래를 불렀다. 조니는 깜짝 놀랄 수밖에 없었다. 그의 기억 속 너무나 익숙한 노래였기 때문이다.

노파는 죽지 않았다.

4장

그다음엔 무슨 일이 일어났을까

"자네 이야기는 개연성이 떨어져. 그 노파는 분명히 죽었어."
마크 트웨인은 이렇게 말하고는 호수를 바라보았다. 그 와중에 또다시
파리가 그의 찻잔에 빠졌다.

나는 아무 말도 하지 않았다.

마크 트웨인은 말을 이었다. "그리고 이 이야기는 꼭 넣어야 해.
찰스 다윈이 우리 인간에게 가르쳐 준 것이 있다면 바로 이거야. 닭은
죽는다는 것. 닭에게는 잘된 일이지. 별로 달갑지 않은 방법으로 이 세
상을 떠나는 경우도 많지만, 강제로 계속 살게 하는 것보다 고역스럽지
는 않거든." 트웨인은 차를 한 모금 마시고 나서 조니가 집으로 돌아오
는 긴 여정 동안 일어난 재미없는 사건들을 늘어놓기 시작했다.

나는 파리가 어떤 운명을 맞이했는지가 궁금했다. 트웨인이 들
려주는 끝날 줄 모르고 이어지는 우울한 이야기가 슬슬 지루해지기 시
작했고, 내 마음도 갈 곳을 잃고 헤매기 시작했다.

조니가 황폐한 고향 땅으로 돌아간 후에도 여전히 주린 배를 움켜쥐어야 했다는 얘기를 마크 트웨인이 늘어놓을 때도 내 마음은 여전히 정처 없이 헤매고 있었다.

조니가 할아버지에게 담청색 씨앗 한 줌을 건네고 매질을 당하는 장면을 묘사할 때도 내 마음은 여전히 정처 없이 헤매고 있었다.

심지어 조니의 할아버지가 씨앗을 씹다가 땅에 퉤 뱉더라는 얘기를 들려줄 때도 내 마음은 여전히 정처 없이 헤매고 있었다. 할아버지는 고래고래 소리를 질렀다. "너무 쓰잖아!" 노인은 흙덩어리를 걷어차고 욕지거리를 내뱉었다.

마크 트웨인은 말했다. "때로 신들은 예정에 없던 휴가를 가기도 하고, 잠시 본분을 망각하기도 해. 그사이 비참한 사람들의 삶은 잠깐이나마 덜 비참해지지. 다음에 일어날 일은 이렇게밖에 설명할 수 없어."

조니의 할아버지는 그 자리에 눕더니 그대로 죽고 말았다.

　　조니는 잠시 완벽한 고요 속에 서 있었다. 그리고 평생 유일한 가족이었던 할아버지의 시신을 메마른 사과나무 가지 아래에 묻었다. 따뜻한 말 한마디라도 해야 할 것 같았지만 뭐라고 해야 할지 몰랐다. 그래서 대신에 감미로운 사랑 노래를 불렀다.

　　신은 여전히 즐거운 시간을 보내느라 휴가 중이었다. 조니는 주머니에 손을 집어넣었고, 놀랍게도 담청색 씨앗 하나를 발견했다. 조니는 심술 고약한 노인을 덮은 흙더미에 그 씨앗을 심었다.

　　드디어 마지막 한 조각 행운이 하늘에서 내려왔다. 비가 오기 시작했던 것이다. 하루 종일 비가 내렸다. 비록 나무에 사과 열매를 맺게 하거나 땅에 잔디가 날 만큼 충분히 온 것은 아니었지만, 조니가 컵과 접시와 양동이에 물을 모을 정도는 되었다.

　　봄의 첫날이었다.

　　조니는 매일 동이 틀 때와 밤 12시 정각에 물을 주었다.

잡초를 뽑고 돌을 고르며 열심히 돌보았다.

순수한 마음을 간직했다.

불평하고 싶어도 참았다.

한 달 동안 열심히 씨앗을 돌보자, 녹색 잎이 났다.

일주일 후에는 싹이 텄다.

또 일주일이 지나자 꽃이 활짝 피었다. 가장자리는 금빛이고 속잎은 담청색인 은은한 분홍색 꽃이었다. 예쁘지만 묘한 분위기의 꽃.

조니는 이제 더 이상 허기를 참을 수 없었고, 그 꽃을 뿌리째 잡아 뽑아서 먹어 버렸다. 하지만 꽃은 아무 맛도 없었고, 배 속이 텅 빈 듯한 기분만 더 심해질 뿐이었다.

조니의 마음은 무너져 내렸다.

눈물이 줄줄 흘렀다.

소년은 흐느껴 울면서, 죽어 버리려고 황야로 걸어갔다.

5장

왜 그곳을
비버섬이라고 부를까?

"다시 말해 보게. 왜 이 섬을 비버섬이라고 하는 거지?" 마크 트웨인은 물었다.

나는 모자 이야기를 다시 해 주었다.

"비버섬에서 정성 들여 집을 짓고 잘 살고 있던 비버들을 데리고 나와 수십 명의 프랑스인 머리 꼭대기에 올려놓기 전에 비버에게 그렇게 해도 되는지 물어본 사람은 단 한 명도 없었을걸?"

"없겠지요. 내 생각도 그래요." 나는 대답했다.

"그것뿐만이 아냐. 달라진 현실을 반영해서 섬의 이름을 바꿔야겠다고 생각한 사람도 없었을걸?"

난 잠시 생각해 보고 대답했다. "'한때 비버섬이었던 섬'은 좀 길고 복잡하긴 하네요."

"어설프긴 해도 정직한 이름이잖아." 마크 트웨인이 말했다.

6장

역사가 우리에게 말해 주는 것

조니는 탁 트인 하늘 아래에 대자로 누운 채, 종말이 오길 기다렸다. 눈을 감고 옛 친구 전염병과 기근을 생각했다. 녀석이 어떻게 살고 있을까 궁금해졌다. 행복하고 안전하게 잘 살고 있길. 그렇게 누워 있자니 살면서 지금보다 외로웠던 적은 없는 것 같았다.

"무슨 문제 있니?" 스컹크가 물었다.

조니는 깜짝 놀라 눈을 떴다.

"네가 말을 한 거니? 나한테?" 조니가 물었다.

스컹크는 뒷발로 서서 주위를 둘러봤다. "그래, 그런 것 같은데."

한동안 침묵만이 조니를 감싸고 있었다. 이날 이때까지 굳게 믿고 있던 상식의 한 조각이 일순간에 깨어져 나가는 것 같았다.

"방금 한 말 다시 해 줄래?" 조니가 물었다.

"무슨 문제 있니? 너 괜찮아?" 스컹크는 다시 물었다.

조니는 아무 말도 할 수 없었다.

"너 이름은 있니?"

"응. 내 이름은 조니야." 조니가 대답했다.

"좋아, 그럼. 내 이름은 수지야. 너 배고픈가 본데. 나를 따라와. 먹을 만한 걸 줄게." 스컹크가 대답했다.

수지

마크 트웨인은 한숨을 쉬었다. "자네가 무슨 생각을 하는지 아네."

지금 내가 발이 시린 걸 아는 건가? 나는 생각했다.

"애석하게도 스컹크 장면을 비웃는 사람들이 꼭 있을 거야. 하지만 친구가 한 명도 없는 이 소년은 다른 사람들이 어떻게 생각할까 신경 쓸 여유가 없는 거지. 그 아이는 그럴 수밖에 없다고! 스컹크보다 더 괜찮은 친구는 없으니까. 스컹크는 품위 있고 예의 바르고 고귀한 창조물이지. 거래도 정직하게 해. 웬만해선 화내는 법도 없고. 화낼 땐 꽤 거칠어지기도 하지만, 걸을 때는 점잖거든."

두꺼운 양말을 신고 왔어야 했는데……. 나는 생각했다.

"물론. 무식한 인간들의 바보 같은 편견을 피할 수도 있었겠지. 나도 조니도. 거짓말을 할 수도 있었을 테고, **스컹크** 대신 **고슴도치**나 **캥거루**라고 말할 수도 있었을 거야.

하지만 만일 내가 거짓말을 한다면, 자넨 다신 내 말을 믿지 않겠지. 그리고 우리가 역사의 교훈만 따라간다면, 이 공동 작업도 사라지게 될 거야.

나폴레옹은…… 워털루전쟁에서 군사들에게 이렇게 거짓말을 했어. 우리는 아주 즐거운 시간을 보내게 될 거다! 하지만 그러지 못했어.

헨리 8세도 앤 블린에게 거짓말을 했는데, 두통만 생겼을 뿐이야.

다른 예가 또 있어!

조지 워싱턴 대통령을 생각해 봐. 조지 워싱턴은 진실은 조금만 말하고 고귀한 척하면서 지독한 악취를 풍겼잖아. 슬프게도 현실은 이랬어. 그는 죽은 벚나무를 내려다보면서 이렇게 말했다지. 이 나무는 전혀 아프지 않을 거야.

역사란 이런 거야. 거짓말에 관한 문제에서만 역사를 신뢰할 수 있다고. 역사는 과장에다가 대부분 거짓이니까." 그는 계속 말을 이어 나갔다.

"마크 트웨인 씨는 발 안 시려요?" 나는 물었다.

마크 트웨인은 내 말을 못 들은 척했다. 찻잔에 설탕 두 스푼을 더 넣고는 이야기를 계속 이어 나갔다.

조니의 세계에는 길이 하나뿐이다. 하지만 동물들만 알고 있는 오솔길은 여러 개가 있다. 조니는 새 친구를 따라 동물들이 다니는 오솔길 중 하나를 걸으며 언덕을 넘고 골짜기를 지나고 가파르게 솟은 절벽으로 둘러싸인 협곡을 건넜다. 개울에 다다랐을 때, 수지는 물에 젖지 않으려고 이 돌에서 저 돌로 훌쩍 건너뛰었다. 조니는 물을 한 모금 마시고 쿡쿡 쑤시는 발을 물에 담갔다. 한결 시원해져 계속 물을 헤치며 걸어 나갔다. 향기로운 꽃이 만발한 야생 과수원 입구에 다다랐을 때 조니는 주변을 두리번거려 봤지만 이미 완전히 길을 잃은 뒤였고, 결국 스컹크를 따라 미지의 세계로 더 깊이 들어갈 수밖에 없었다.

"좀 쉴래?" 수지가 물었다.

"아니야. 괜찮아." 조니가 대답했다. 조니는 스컹크가 걷는 것처럼 천천히 뒤를 따랐다. 스컹크들은 서두르는 법이 없다.

"저기 있잖아, 너는 어떻게 말을 할 수 있니?" 조니가 물었다.

"동물들은 모두 말을 할 수 있어." 수지가 말을 하다 말고 잠시 멈춰 꼬리를 흔들어 파리를 쫓아 보냈다. "인간에게 말을 해 봐도 이해할 수 없는 대답만 돌아올 뿐이야. 인간들이 하는 말은 이해하기도 어렵고 따분하기만 해."

수지는 계속 설명했다. "사자는 다람쥐에게 말하고, 다람쥐는 올빼미한테 말하고, 올빼미는 쥐한테 말하지. 낙타는 돼지한테 말하고, 돼지는 엘크한테 말하고, 엘크는 코끼리한테 말하고. 고래는 갈매기한테 말해 주거든. 기린은 소라게한테 말해 주지. 오직 인간만 우리 말을 못 알아들어. 그렇기 때문에 인간은 굉장히 무지하고 성장도 더디고, 외롭고도 슬픈 존재야. 인간들과 이야기할 수 있는 생명체가 극히 드물거든." 수지는 말을 마치기 무섭게 또 덧붙였다. "너 기분 나쁘라고 한 말은 아니야. 너는 무식하지도 성장이 더딘 것 같지도 않아."

"그러니까 넌 내 말을 이해한다는 거지?" 조니가 물었다.

"그래. 보아하니 너는 주주 꽃을 먹었구나. 아무나 얻을 수 있는 게 아닌데 말이야." 수지가 대답했다.

조니와 수지가 과수원을 통과하자 높게 자란 잔디와 야생화로 뒤덮인 30평쯤 되는 초원이 펼쳐졌다. 둘은 가운데로 걸어갔고, 수지는 높게 자란 풀잎 위에 앉아 있는 노란 새에게 말을 걸었다. 수지는 조니에게 들리지 않을 정도로 나지막히 뭔가를 말했고, 노란 새는 눈 깜짝할 사이에 포드닥 날아가 버렸다.

"잠깐만 있으면 돼." 수지가 말했다.

몇 분 지나지 않아, 둘은 육지에 사는 모든 동물에게 둘러싸였다.(호랑이가 빠졌으니 거의 모든 동물이라고 해야겠다.) 주주 꽃을 먹은 소년이 찾아왔다는 소식은 산과 들 구석구석까지 퍼졌다. 온갖 산짐승, 들짐승, 날짐승 들이 환호성을 내지르며 소년을 보러 구름처럼 모여들었다.

조니는 몰려드는 동물들을 보며 정신을 차릴 수가 없었다.

"인사 한마디 해 봐!" 산토끼가 크게 외쳤다.

조니는 입을 뗐지만, 딱히 할 말을 찾을 수가 없었다. 아는 단어가 완전히 바닥나 버린 기분이었다.

"수줍을 수도 있지 뭐. 그냥 딱 한마디면 충분해." 수지는 조니가 난처해하지 않도록 조용히 말해 주었다.

조니는 깊게 숨을 내쉬고 긴장을 풀었다. 그리고 마침내 한마디 말을 떠올렸다. 인류를 세상 온갖 부질없는 다툼으로부터 구원해 낼 절호의 한마디를. 인간들이 어쩌다 한 번만이라도 진심을 담아 이렇게 말한다면 얼마나 좋을까. 조니는 이렇게 말했다.

"여기 와서 기뻐."

동물들은 환호성을 질렀다.

7장

파티, 파티 열렸네

조니가 편히 지낼 수 있도록 만반의 준비가 갖춰져 있었다. 두더지들은 지하 저장고를 파서 그 안을 가득 채워 두었다. 비버들(아무래도 우리가 사는 이곳보다는 훨씬 더 많은 비버들이 살고 있지 않겠는가.)은 기둥을 세우고 크고 작은 나뭇가지로 지붕을 만들었다. 사슴이 커다랗게 뒤엉킨 덩굴을 질질 끌고 오면 너구리들이 엮어서 담벼락을 만들었다. 지붕 꼭대기에 흙을 쌓고 키 큰 꽃나무들을 심고 나니 지금 막 땅에서 솟아오른 것 같은 조니의 새 집이 생겼다. 쥐들은 두 개의 구멍을 쏠아서 한쪽은 들어오는 문, 한쪽은 나가는 문으로 만들었다. 조니는 톱을 들고 돕기 시작했다.

두더지들

"톱은 어디서 난 거예요?" 내가 물었다.

마크 트웨인은 한숨지으며 고개를 절레절레 흔들었다. 그는 가끔 다른 사람들이 하는 말을 참고 들어주지 못하는 모양이었다.

마침내 마크 트웨인이 대답했다. "우리의 주인공은 이 동물 왕국에서 뭐든 마음대로 할 수 있어. 날개 달린 녀석들이 날아가서 톱 하나 훔쳐 오는 게 문제가 될 것 같나?"

"그럴 수도 있겠지요. 하지만 당신 이야기는 개연성이 좀 떨어지는 것 같아요." 나는 대답했다.

"그렇게 따지면 이곳에 우리가 함께 있는 것도 개연성이 떨어지긴 마찬가지야." 마크 트웨인이 말했다.

마지막으로, 조니는 앞쪽에 창을 두 개 냈는데, 창문 하나는 조니의 키에 딱 맞아서 그가 밖을 내다보며 오가는 생물체들의 경이로움에 감탄할 수 있었다. 또 다른 창문은 호기심 많은 동물들의 키에 맞춰져 있어서 동물들이 난데없이 찾아온 이 특이한 생물체를 구경하며 이것저것 궁금해할 수 있었다.

"저 녀석은 항상 두 발로 걷는 거야?" 도롱뇽은 궁금했다.

"수영은 할 수 있나?" 사향쥐는 궁금했다.

"얼마나 있을 거래? 뭘 먹지?" 다람쥐는 궁금했다.

하지만 소년이 이런 질문에 대답을 하기도 전에, 수지가 불쑥 고개를 들이밀고는 말했다. "파티가 시작되려고 해!"

파티 준비가 끝났다. 체리와 땅콩, 딸기, 그 밖에도 눈에 띄는 맛있는 것은 전부 가지고 나와 산처럼 높이 쌓아 두었다. 소는 젖을 짜왔다. 갓 구운 빵도 있었다. 여태까지 이야기에서 빠져 있던 호랑이도 음식 냄새를 맡고 뒤늦게 얼굴을 내밀었다. 호랑이가 앉을 자리도 널찍하게 마련되었다.

모두 모이자, 수지는 꼬리를 들어 올려 쉿 소리를 냈다. 시끌시끌하던 파티장이 일시에 조용해졌다. 수지가 말했다. "오늘 우리가 새 친구를 알게 되어 얼마나 기쁩니까! 이제 모두 맛있는 음식을 즐기며 좋은 시간을 보냅시다."

조니는 버터와 으깬 산딸기가 발린 따뜻하고 바삭한 빵 조각을 한 입 베어 물었다. 태어난 이래 이렇게 맛있는 음식을 먹어 본 적이 없었다. 조니는 배부를 때까지 먹었고, **동물들도 배부를 때까지 먹었다**. 모두가 행복하고 만족스러운 식사였다. 물론 땅콩, 열매, 우유, 빵을 거의 먹지 않는 호랑이만 빼고. 호랑이는 이빨 모양이 좀 다르기 때문이다.

　식사가 거의 끝나 갈 무렵, 꾀꼬리 녀석이 자리에서 일어났다.
새는 날개를 흔들어 빵 부스러기를 떨어내고는 훌쩍 날아올라 높은 나
뭇가지 위에서 기분 좋게 노래를 불렀다. 노랫말은 없었지만 여기 모인
모두가 그 노래의 의미를 알 수 있었다.

세상은 아름답고도 위험해
기쁘기도 슬프기도 해
고마워할 줄 모르면서 베풀기도 하고
아주, 아주 많은 것들로 가득해
세상은 새롭고도 낡았지
크지만 작기도 하고
세상은 가혹하면서 친절해
우리는, 우리 모두는
그 안에 살고 있지

"다들 고마워. 잘 자." 꾀꼬리가 말했다.

새는 둥지를 찾아 날아가 버렸고, 그 자리에 원숭이가 올라가서 이야기했다.

좀 더 정확히 말하면, 이야기를 했을 것이다. 마크 트웨인이 첫 단어를 입에서 내뱉자마자 배꼽을 잡고 웃는 바람에 이 부분이 통째로 날아가 버렸다. 원숭이는 확실히 농담을 할 줄 아니까.

다음 차례는 사자였다.

사자는 자리에서 일어나 묵직하고 우렁찬 목소리로 말했다.

"오늘 우리는 새로이 우리 집단을 찾은 형제를 맞이하기 위해 모였습니다. 하지만 이런 날일수록 우리가 잃어버린 모든 형제자매를 잊지 말아야 합니다. 기쁨의 순간마다 우리는 슬픔의 순간을 기억해야 합니다. 그리고 완벽한 평화 속에서 살 수 있는 방법을 모색할 때까지 한때 우리 곁에 있었으나 지금은 우리 모두를 지배하는 자연의 섭리에 굴복한 이들을 기억해야 합니다."

나무와 나무 사이 어두운 곳에서 이 광경을 지켜보던 호랑이는 입꼬리를 올리며 살기등등한 미소를 지었다. 배에서 꼬르륵 소리가 나는 것도 아랑곳하지 않고 가만히 그 자리를 지키고 있었다.

사자

파티가 끝이 났다.

수지는 새로 마련한 조니의 집 앞까지 조니와 함께 걸었다. 동물들도 뒤따라와 조니의 집 근처 나뭇가지 위나 굴속에 둥지를 틀고 들어갔다. 독수리는 깨끗하게 세탁하고 다듬은 바다표범 가죽을 조니에게 가져다주었다. 조니는 바다표범 가죽을 바닥에 깔고 몸을 둘둘 감쌌다.

그날 밤, 조니는 태어난 이래 처음으로 달콤한 잠에 깊이 빠져들었다. 수많은 동물 친구들이 그의 곁을 지켜 주고 있었다.

호랑이는 잠자리에 들지 않고 잠시 깨어 있다가 사냥을 하러 어둠 속으로 사라졌다.

8장

올레오마가린 왕자가
사라졌다!

동이 트자 종달새가 모든 동물 친구를 소리쳐 깨웠다. 하나둘 자리에서 일어나 각자 아침 일과를 시작했다. 새 인생을 시작해 딱히 할 일이 없는 조니는 문간에 서서 이렇게 이른 시간부터 모두가 활발히 움직이는 것을 보고 깜짝 놀랐다. 조니는 머리를 긁적이며 생각했다. 나는 뭘 해야 하지?

수지가 조니의 고민을 알아차렸다.

"이쪽이야." 수지가 조니를 불러 어린 나무 사이로 나 있는 좁은 길로 안내했다. 몇 걸음 걸었을 뿐인데, 아침의 부산스러움과 시끌벅적한 소리가 저만치 멀어졌다. 몇 걸음 더 걷자 맑고 푸른 개울 기슭이 나왔다. "여기가 씻고 마시기 좋아." 스컹크는 말했다. 그러고는 이끼 뭉치 위에 앉아 조니를 기다렸다. 조니가 깨끗이 씻고 나오자 근처에 있는 월귤나무 숲으로 데려갔다. 둘은 그곳에 자리를 잡고 앉아 조용히 아침 식사를 했다.

그날, 그리고 그 이후로도 매일, 조니와 동물들은 산으로 숲으로 소풍을 다니며 즐겁게 뛰놀고 햇볕 아래에서 낮잠도 실컷 잤다. 모두가 좋은 시간을 보냈다. 하루 일과를 마치고 나면 조니는 야생 과수원의 끝자락에 있는 집으로 돌아왔다.

태어나서 처음으로, 조니에게 모든 일이 순조로웠다.

"이렇게 계속 즐거운 일만 이어지면 지루하니까, 이쯤에서 이 이야기는 관두고 뒤에 일어날 위험한 상황으로 건너뛰도록 하지." 마크 트웨인이 말했다.

조니와 동물 친구들은 늙은 참나무 줄기에 못으로 박힌 포고문을
발견했다. 아직 잉크도 안 마른 포고문이었다.
"뭐라고 쓰여 있는 거야?" 수지가 물었다.
동물들이 가까이 모여들었고, 조니는 크게 소리 내어 읽었다.

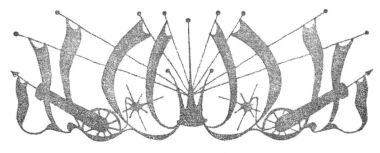

현상금

올레오마가린 왕자가
사라졌다!

거인들 소행임이 거의 틀림없을 것이다.

짐이 충직한 백성들에게 친히 간청하나니,
왕국의 소중한 아들이 무사 귀환하는 데 도움이 될
정보를 제공해 주길 바란다.
짐의 간절한 부탁을 모르는 척하지 않는
용감한 백성에게는 현상금과 더불어
아리따운 공주가 주어질 것이며
평생 동안 왕궁에서 살게 해 주겠다.

"으음? 너, 저 돈 받고 싶어?" 수지가 물었다.

조니는 잠시 생각했다. 소년은 평생 돈이라는 걸

손에 쥐어 본 적이 없었다. 돈이란 게 있으면 정말 멋질 것 같았다.

"응. 그런 것 같아." 소년은 대답했다.

"좋아. 그럼 가서 왕에게 정확하게 이대로 전해.

제 목격자들을 보호해 주신다면 왕자님에 관한 소식을 말씀드리겠습니다.

여기서 한마디도 보태거나 빼서는 안 돼." 수지가 말했다.

9장

수지가 알고 있는 것

물론 수지는 조니에게 돈이 필요 없다는 걸 알고 있었다. 조니는 공주님도 원하지 않았고, 평생 왕궁에 살고 싶어 하지도 않았다. 하지만 수지에게 이 한 가지는 분명했다. 만약 수지가 조니를 동물 세계의 끝으로 안내한다면, 그래서 산꼭대기에서 아래에 있는 성을 내려다보게 한다면, 조니는 용기를 내 혼자서 왕궁까지 걸어가 이렇게 말하리라는 것이었다.

"국왕 폐하를 만나러 왔습니다."

성문을 지키는 경비병들은 웃는 얼굴로 조니를 맞이할 수도 있었다. 아니면 비웃으며 대충 아래위로 훑다가 조니가 하는 말을 제대로 듣지도 않고 야유를 보낼 수도 있었다.

하지만 저 위에서 동물 친구들이 지켜봐 주는 한, 조니는 스컹크의 믿음을 저버리지 않고 침착하게 모욕감을 참아 낼 수 있었다.

"왕자님 소식을 가져왔어요." 조니는 차분하게 말했다.

그 말이 떨어지기 무섭게 두 경비병은 조니를 데리고 성문을 지나 왕궁 안으로 들어갔다. 가는 내내 병사들은 발을 헛디디거나 실수를 연발하면서 조니에게 절절맸다.

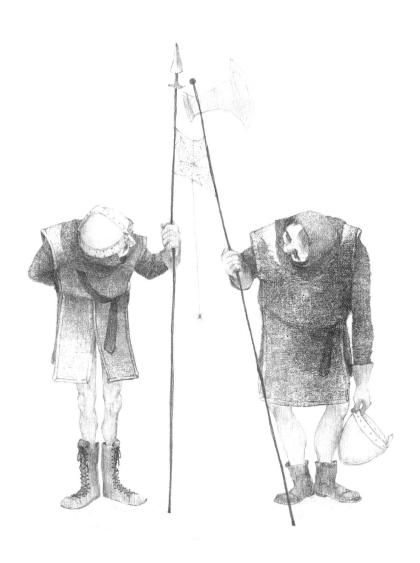

성문 경비병들

　　경비병들은 소년을 계단으로 안내했다. 파란색 비단으로 꾸며진
방, 빨간색 비단으로 꾸며진 방, 조니는 난생처음 보는 색들로 반짝반짝
빛나는 방들을 지나 구불구불한 나선형 계단이 계속 이어졌다.

　　경비병들은 조니를 데리고 천장은 금으로 덮이고 바닥과 벽은
대리석으로 된 복도를 지나갔다.

　　경비병들은 태피스트리가 늘어진 기다란 복도로 조니를 데려가
면서 왕국들이 승리하고 패배하고 결국 잊혀진 이야기를 들려주었다.

　　조니에게는 경이로운 곳이었다. 조니가 감탄하는 동안, 경비병
들은 소년을 거대한 문 앞에 데려다 놓았다. 기다란 상아들을 모아 만
든 세로 6미터, 가로 3미터 크기의 문이었는데, 상아 하나하나마다 인
간의 야비함과 잔혹성에 얽힌 사연이 새겨져 있었다. 이 끔찍한 문 맞
은편에 왕좌가 있었는데, 마침 왕이 거기 앉아서 코를 골고 있었다.

국왕 폐하

근위병이 앞으로 나와 왕을 깨웠다.

"무, 무슨 일이야?" 왕이 버럭 큰 소리부터 냈다.

"송구합니다, 폐하. 저 소년이 왕자님 소식을 알고 있답니다."

"응? 그래!" 왕이 버둥대며 의자에서 일어나려 했지만, 몸에 맞지도 않는 예복을 되는대로 껴입은 데다 치렁치렁 매단 보석들이 몸을 짓누르고 있어 제대로 움직이지도 못할 지경이었다. 왕 옆에는 왕비가 앉아 있었는데, 평온하게 뜨개질에만 전념하고 있었다.

왕은 왕관이 미끄러져 내려와 눈을 가린 것도 모르고 소리 질렀다. "소년은 어디 있느냐? 모습을 보여라! 말을 해라!"

"국왕 폐하?" 조니가 대답했다.

왕관을 들어 올려 눈앞에 선 소년을 알아보고 나서야 왕의 표정은 한결 누그러졌다. "그런데 어떻게 너같이 하찮은 녀석이 왕자를 찾아냈다는 거지? 정확히 어떻게?" 왕은 물었다.

왕의 말에 조니는 상처를 받았다. 하지만 살면서 온갖 어려움을 겪었기에 웬만한 상처는 대수롭지 않게 넘길 수 있었다. 조니는 수지가 말해 준 메시지를 감정 없이 담담히 전달했다. "폐하께서 제 목격자들을 보호해 주신다면 왕자님에 관한 소식을 말씀드리겠습니다."

왕은 펄쩍 뛰었다. "목격자들이 누구냐? 이 겁쟁이 같은 놈, 썩 앞으로 나오너라! 올레오마가린 왕자의 도난을 당장 고하지 못할까!"

"폐하?" 왕의 말을 이해할 수가 없었다. "도…… 뭐라고요?"

"도난 말이다!" 왕이 답했다.

조니는 여전히 혼란스럽기만 했다.

왕은 소년이 알아들을 수 있도록 고함치듯이 큰 소리로 한 자 한 자 발음했다. "도오오오나아아아안!"

"여기서 주목!" 마크 트웨인은 거대한 호수가 쩌렁쩌렁 울릴 만큼 큰 소리로 말했다. "자신의 목청에 지나치게 도취한 사람은 절대 믿으면 안 돼. 정직한 남자나 여자는 지극히 정상적인 소리로 분명하게 말하거든."

"도둑맞았단다." 왕비의 부드러운 목소리였다. 뜨개질을 하던 왕비가 고개를 들어 조니의 눈동자를 보며 설명해 주고 있었다. 조니에게 이런 식으로 말해 준 사람은 거의 없었다. 조니는 닭을 데려간 눈먼 노파를 떠올렸다. "왕자를 우리에게서 빼앗아 간 거야."

왕이 끼어들었다. "거인들 짓이야! 혐오스럽고 소름 끼치는 거인 놈들! 이 왕국의 재앙!"

"물론 왕자를 도둑맞은 거라고 **전적으로** 확신하고 있지는 않아." 왕비가 말했다.

왕은 왕비의 말을 묵살했다. 평소에도 아내의 말은 귓등으로도 안 듣는 모양이었다.

마크 트웨인은 차를 마저 마시고 빈 잔을 내려놓았다. "세상 사람들은 동물들이 하는 말을 귀담아듣지 않아. 더 심각한 문제는 그 누구의 말도 듣지 않는다는 거고."

왕비

바쁘게 움직이는 왕비의 뜨개질바늘 소리만 휑뎅그렁한 왕의 접견실을 채우고 있었다.

조니는 무슨 말을 해야 할지 몰라 가만히 서 있었다.

마침내 왕이 말했다. "알겠다. 짐이 약속하지. 짐의 군사들을 거리에 풀어 그 누구도 그대의 목격자들을 건드리지 못하게 할 것이다. 그게 누구라도."

"고맙습니다……." 조니가 입을 열었다. 하지만 왕은 조니의 말을 가로막고는 설교를 늘어놓았다. "나의…… 충직한…… 아들은……."

온통 과장되고 겉만 번지르르한 말들뿐이었다. "이 왕국의 기쁨이다! 왕자는 여우만큼 영리하고 코끼리만큼 힘이 세다! 전쟁에 나가 위대한 공을 세웠으며 또래의 그 어떤 소년보다도 인물이 출중하지! 이는 티 없이 깨끗하고! 맞춤법도 얼마나 정확한지! 훗날 장성해 10만 명의 거인들을 소탕할 것이야!" 왕은 요란하게 한숨을 내쉬며 말을 마쳤다. "왕자는 모든 면에서 나와 닮았지. 다시 말해, 완벽하다 이 말이야. 반드시 왕자를 찾아와야 해."

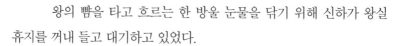

　　왕의 뺨을 타고 흐르는 한 방울 눈물을 닦기 위해 신하가 왕실
휴지를 꺼내 들고 대기하고 있었다.

　　"이제 가도 좋다." 왕이 말했다.

　　"고맙습니다." 조니가 대답했다.

　　조니는 밖으로 나와 친구들을 불러 모았다.

"이것들이? 이것들이 목격자란 말이냐?" 왕이 따져 물었다.

사자가 큰 소리로 포효하여 그 자리에 모인 모두의 머리털이 쭈뼛 서게 했다.

"증언할 준비가 되었다고 합니다." 조니가 대답했다.

"누가? 누가 너에게 말을 했다는 거지?" 왕이 물었다.

"이 사자가 말했습니다, 전하." 조니가 대답했다.

당혹과 혼돈이 왕의 텅 빈 머릿속을 가득 채웠다. "짐은 그 말을 믿을 수 없다. 증명해 보여라." 왕은 일어나 방 뒤편을 가리켰다. "저기 저 무뚝뚝한 표정의 볼품없는 새에게 말해 보아라. 짐의 근위병이 쓰고 있는 모자에 깃털을 하나 올려놓으라고."

조니는 대머리독수리에게 이 말을 전했다.

새는 날아서 근위병의 어깨에 앉더니 귀에서 길고 누르스름한 털 한 가닥을 뽑았다.

"믿을 수 없는 일이로다! 저 새가 좀 더 똑똑한 놈이었으면 제대로 해냈을 거야! 이제 사자에게 자신의 꼬리를 쫓으라고 명령해라." 왕은 흥분해서 목소리가 커졌다.

조니는 사자에게 왕의 말을 전했다.

사자는 큰 소리로 포효했고, 접견실이 쩌렁쩌렁 울렸다.

"사자가 전하의 요청을 거절하였습니다. 자신에게 어울리지 않는 일이라고 합니다." 조니가 말했다.

왕은 조니의 말을 믿기로 했다. "목격자들은 증언해라!"

10장

목격자들의 증언

호랑이가 증언을 시작했다.

"저는 은신처에 누워 있다가 건장한 두 남자가 왕자와 함께 지나가는 걸 보았습니다."

"내 예상대로 거인의 짓이군!" 왕이 외쳤다.

왕비는 한숨을 쉬며 고개를 저었다.

호랑이는 증언을 계속 이어 나갔다. "저는 벼랑에서 뛰어내릴 수 없었습니다. 그래서 머리 위를 날고 있던 독수리에게 알려 주었습니다. 독수리가 그들을 따라갔습니다."

독수리가 말을 받았다.

"날이 어두워질 때까지 그들을 따라갔고, 그다음엔 올빼미에게 알려 주었습니다."

올빼미가 말을 받았다.

"저는 바다에 다다를 때까지 그들을 따라갔고, 그다음엔 갈매기에게 말해 주었습니다."

갈매기가 말을 받았다.

"저는 육지에 도착할 때까지 그들을 따라갔는데, 그들이 갈대가 우거진 늪지로 들어갈 무렵 지쳐 버렸습니다. 그래서 악어에게 부탁했지요."

악어가 말을 받았다.

"저는 뜨거운 사막까지 따라갔고, 그다음에는 모래뱀에게 말해 줬어요."

뱀이 말을 받았다.

"저는 초원까지 따라갔고, 그다음에는 영양에게 말해 줬어요."

영양이 말을 받았다.

"저는 눈 덮인 산악 지대까지 따라갔고, 그다음엔 순록에게 말해 주었습니다."

순록이 말을 받았다.

"저는 산꼭대기까지 따라갔고, 그다음엔 쥐한테 말해 줬습니다."

쥐가 말을 받았다.

"저는 어두운 동굴 입구에서 보초를 서고 있던 무시무시한 용 두 마리를 피해 도망쳤어요. 그다음엔 박쥐를 불렀어요."

박쥐가 말을 받았다.

"동굴 안으로 따라 들어갔습니다. 전 그 장소를 알고 있습니다. 왕자님은 아직도 거기 있습니다."

왕이 혼비백산해서 명령을 내렸다. "당장 가라! 가서 내 아들을 찾아서 데려와! 너에게 상을 내릴 것이다!"

뜨개질을 마친 왕비가 말했다. "잠깐만 기다리렴. 가기 전에, 아가, 이리 온."

조니는 앞으로 나섰다.

왕비는 조니의 목에 빨간 스카프를 매어 주고 부드럽게 입을 맞춰 준 다음 말했다. "행운을 빈다." 그런 다음 자리에서 일어섰는데, 그녀의 남편보다 족히 50센티미터는 컸다. 왕비는 모두에게 작별 인사를 했다.

조니와 동물 친구들은 허리 숙여 인사하고 떠났다.

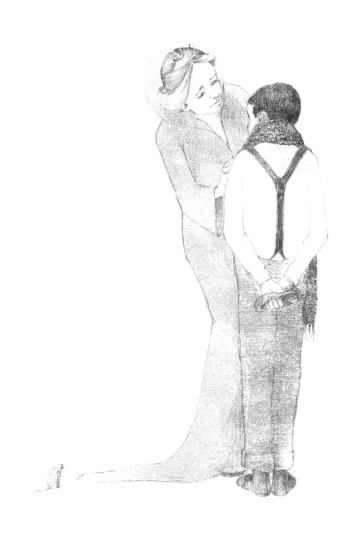

코끼리는 접견실을 나오면서 상아 문을 경첩에서 뜯어내 버렸다.

두 작가 중 한 작가의 마지막 편지

이야기가 여기까지 이르렀을 때 마크 트웨인은 찻잔을 새로 채워 오겠다며 나갔고, 비버섬의 비버들처럼 되었다. 휘리릭! 사라져 버린 것이다.

그런 줄도 모르고 나는 계속 기다렸다.

커피를 다 마실 때까지도 그는 돌아오지 않았다. 그런데 그를 기다리며 이런저런 생각을 하다 보니 문득 조니와 수지와 동물 친구들의 이야기가 궁금해졌다. 나는 고개를 돌려 마크 트웨인이 남기고 간 빈자리를 가만히 바라보았다. 그리고 잠시 완벽한 고요 속에 앉아 있었다. 태양이 마지막으로 남긴 은빛 햇살이 호수 아래로 가라앉으며 하늘은 찬란한 빛깔로 물들기 시작했다. 이 세상에서 이렇게 많은 색을 볼 수 있다니! 그 순간 나는 그것을 보았다. 그것은 트웨인이 앉아 있던 의자 팔걸이에 놓여 있었다. 금빛 가장자리에 담청색 속잎을 가진 분홍색 꽃 한 송이, 예쁘지만 묘한 분위기의 꽃.

왜 그랬는지 모르겠지만 나는 그 꽃을 먹었다. 심지어 배가 고픈 것도 아니었는데! 먹으면서 나는 생각했다. 사람들은 가끔 아주 놀라운 일을 저지르곤 하잖아.

"저기." 나지막한 목소리. 내 발 근처에서 나를 부르는 소리.

내려다보니 다름 아닌 족제비가 거기 서서 나를 올려다보고 있었다. 전에 본 적 있는 녀석인 듯했다.(녀석들은 구분하기가 아주 어렵다.) 거참 일이 재미있게 돌아가네.

"너만 먹고 나는 아무것도 안 줄 거니?" 족제비가 말했다.

나는 안으로 들어가서 크래커를 하나 가지고 나왔다.

족제비는 두 발로 크래커를 잡고 살금살금 돌려 가며 야금야금 먹기 시작했다. "기분이 너무 좋아져서 네 말을 들어줄 수 있어." 두 볼이 볼록해진 족제비가 말했다.

나는 커피를 한 잔 더 따랐다. "이야기 하나 들어 볼래?" 나는 물었다.

"그렇게. 과자를 좀 더 주면." 족제비가 말했다.

나는 안으로 들어가 땅콩버터 쿠키와 당근 반 토막을 가지고 나왔다. 족제비는 이야기를 들어주기로 했다. 나는 자리에 앉아 이야기를 시작했다.

아주 아주 집중하면, 꼭 있어야 할 바로 그곳에서 자기 자신을 발견할 것이다. 사실은 여기서 그리 멀지 않은 어느 땅에서…….

족제비가 툭 끼어들었다. "그곳에 이름이 있어? 하루 종일 들어 주지는 못하거든."

"있어." 대답은 그렇게 했지만 그곳 이름이 기억나지 않았다. 그래서 나는 거짓말을 했다. "'한때 비버섬이었던 섬'이라고 해."

그렇게 나는 마크 트웨인에게 들은 이야기를 그대로 족제비에게 들려주었다. 마크 트웨인이 휘리릭! 사라진 다음, 성격이 급하지만 귀여운 족제비와 수다를 떨게 된 사연도 포함해서 말이다.

"이야기를 좀 빨리 끝내 줄래? 무례하게 굴고 싶진 않은데, 늦을 것 같아서. 내가 밤엔 좀 바쁘거든." 족제비가 말했다.

아닌 게 아니라 어두워진 호수 위로 달이 떠오르고 있었다.

"그냥 결말로 건너뛰는 게 어때?" 족제비가 제안했다.

"결말?" 마크 트웨인은 결말을 이야기해 주지 않았다.

"네가 결말을 만들면 되잖아." 족제비가 가슴에 난 흰털 사이로 쿠키 부스러기를 하나 주워서 입속에 넣으며 말했다. "결말이야말로 결국 진짜로 중요한 부분이잖아."

나는 남은 커피를 마시면서 잠시 생각할 시간을 가졌다.

11장

진짜로 중요한 유일한 부분

조니와 동물 친구들은 커다란 동굴 입구에 도착했다. 입구 양쪽으로 성미 고약한 용 두 마리가 서 있었다. 처음에는 조니와 주변에 모여 있는 동물들을 알아차리지 못했다. 둘은 말다툼하는 데 정신이 팔려 있었던 것이다.

"파란색이야!" 1번 용이 외쳤다.

"아니야! 빨간색이야!" 2번 용이 소리쳤다.

두 마리 용에 관해 알아 두어야 할 중요한 사실은 바로 둘은 항상 싸우기 바쁘다는 것이다. 어떤 일에건 의견 일치를 본 적이 없었다.

"노란색이야!" 한 녀석이 소리쳤다.

"녹색이라고!" 다른 녀석이 소리쳤다.

정답은 보라색이었다. 하지만 둘 중 누구도 그 사실을 인정하지 않으려 했다. 둘은 금방이라도 숲 전체를 불태울 기세였다. 말다툼을 하다가 물불 안 가리고 불을 내뿜는 통에 근처에 있던 운 없는 관목 숲이 새까맣게 그을리기도 했다.

"저기요?" 조니가 말을 걸었다.

깜짝 놀란 용 두 마리는 재빨리 고개를 돌려 예상치 못한 이방인을 쳐다보았다. 콧구멍에서 연기가 뿜어져 나왔다. 안 그래도 몸이 근질근질하던 용 두 마리는 성큼 한 발짝 앞으로 나왔다.

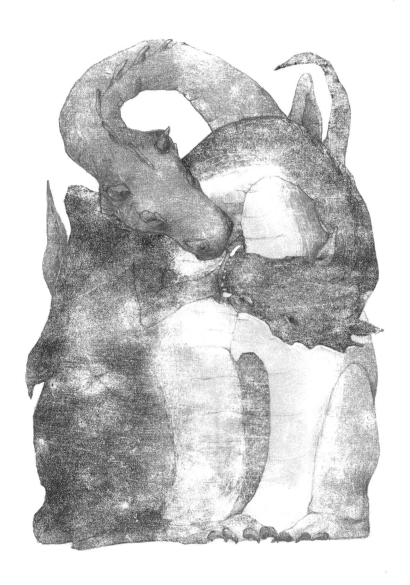

성미 고약한 용 두 마리

"흥미진진한데!" 족제비가 말했다. 그러고는 마크 트웨인의 의자 위로 올라가 테이블 끝에 코를 처박고 과자 부스러기를 찾기 시작했다.

"너는 그렇게 생각할지도 모르지, 그래. 그리고 또 너는 이 이야기가 중간중간 끊기는데도 적절하게 잘 이어졌다고 생각할지도 몰라. 하지만 애석하게도 네 생각이 틀렸어. 이 이야기는 엉망진창이거든. 그리고 너는 조니가 동물 친구들을 이끌고 용감하게 용들과 싸울 거라고 예상하겠지만."

"맞아!"

"그리고 조니가 어마어마한 힘의 열세를 극복하고 두 마리 용을 무찌르는 모습을 기대하겠지만."

"그럴 거야!"

"그리고 조니는 남은 평생 이 전쟁에서 배운 교훈을 간직한 채 살아가고 말이야."

"항상 과자를 가지고 다녀야 한다는 게 교훈이지!"

"조니는 그러지 않을 거야. 전쟁에서 얻은 교훈은 가슴속에 간직하기엔 너무 고통스럽거든. 게다가 용 두 마리와 소년이 맞붙으려는 순간, 수지가 조니의 셔츠 밖으로 기어 나왔단 말이야. 수지는 조니의 셔츠 속에서 늘어지게 낮잠을 자고 있었어. 예상치 못한 곳에서 갑자기 스컹크와 마주쳤을 때 힘센 동물들이 늘 그러듯이 용들도 그랬어. 당황해서 도망쳐 버린 거야."

"이쪽으로!" 1번 용이 소리쳤다.

"아니, 저쪽으로!" 2번 용이 소리쳤다.

겁에 질린 용들은 서로 반대 방향으로 날아갔다.

"무슨 일 있어?" 수지가 물었다.

"그런 것 같지 않은데. 없어." 조니가 대답했다. 그런 다음 조니와 수지와 전염병과 기근과 동물 친구들은 그 누구의 방해도 받지 않고 동굴로 들어갔다.

멀찍이서 보고 있던 호랑이가 살금살금 뒤따라 들어왔다.

"그 닭이 돌아온 거야?" 족제비가 물었다.

"응. 그 닭이 돌아왔어." 나는 대답했다.

족제비는 눈살을 찌푸렸다. 마크 트웨인이 과자 부스러기를 하나도 남겨 놓지 않았기 때문이다.

"내 잘못이 아니야. 네가 결말로 건너뛰자고 했고, 그 바람에 이 특별한 닭의 인생에 일어난 놀랍고도 행복한 사건들이 생략된 거야."

"누구 잘못인데?" 족제비가 물었다.

"물론, 조니가 이 닭과 다시 만나야 할 논리적인 이유는 없어. 말이 안 되지. 하지만 논리와 사실은 별개야. 그리고 이 문제에서 사실은 이거야. 이제 이 이야기는 내 이야기이고 닭은 돌아왔다는 것."

"그러니까 누구 잘못인 거지?" 족제비가 물었다.

"나도 몰라." 나는 한숨을 쉬고 이야기를 계속했다.

동굴 안은 어두웠다. 정말정말 어두웠다. 용이 자신을 삼킨 게 아닌가 싶을 정도였다. 조니는 겁이 났다. 하지만 그때 그의 뒤를 따라오는 동물들의 다지막한 발소리가 들렸다. 발목에서는 수지의 부드러운 꼬리털이 느껴졌다. 그래서 조니는 용기를 내 보기로 결심했다. 자신의 오랜 친구가 나쁜 상황을 가볍게 넘길 때 쓰는 방법이 생각났고, 그렇게 해 보기로 했다. 조니는 한 발로 폴짝폴짝 뛰어갔고, 전염병과 기근은 그게 제 할 일인 양 똑같이 따라 했다.

　　용기를 되찾고 나자 두 눈도 어둠에 적응하기 시작했다. 천천히, 천천히, 불안해하는 얼굴들이 하나둘 눈에 들어왔다.

　　"당신들이 거인이에요?" 조니가 물었다.

　　"왕보다는 키가 크니까, 그렇다고 할 수 있겠네요." 누군가가 대답했다.

　　"하지만 우리는 구부정하게 서 있는 걸 좋아하지 않아요." 또 다른 누군가가 말했다.

　　"흉측하고 악랄한 괴물!" 난데없는 외침. 양철통이 땅바닥에 부딪히는 듯한 목소리였다. 올레오마가린 왕자가 튀어나왔다.

“왕자 때문에 왔니?” 거인들이 지친 목소리로 물었다. 스컹크에게 주의를 기울이면서.(스컹크에게선 한시라도 눈을 떼면 안 되니까.)

“그래.” 수지의 대답을 거인들은 알아듣지 못했다.

“‘그래.’라고 했어요.” 조니가 거인들에게 통역해 주었다.

“그럼 제발 좀 데려가. 왕자가 길에서 우리를 공격했어. 제발 가라고 애원했는데도 이 동굴까지 따라온 거야. 전쟁이 선포된 후로 우리가 안전하게 있을 곳이라곤 여기뿐인데 이런 골칫거리가 생기다니. 쟤는 예의도 뭣도 모르고 상스러운 말만 내뱉거든. 눈에 보이는 건 죄다 먹어 치우고 말이야.” 거인들은 간청했다.

이 시점에서 찰스 다윈이 우리에게 가르쳐 준 것을 떠올려 봐야 할 것 같다. 우리의 통제 너머에는 수많은 돌연변이가 있다. 우리 중 일부는 키가 작고 일부는 키가 크다. 일부는 약하고 일부는 강하다. 감사하게도 성품은 본디 못나게 태어나지 않지만, 못난 성품을 학습하게 된다. 우리 이야기 속 왕자는 그의 아버지와 완벽하게 닮았지만, 다를 수도 있었다. 친절한 성품을 지녔을 수도 있었다. 하지만 애석하게도, 지금 왕자는 우리 모두에게 그런 희망 따위 품지 말라고 목청 높여 외치고 있었다.

"이 더러운 거인들아!" 왕자는 고래고래 소리 질렀다. "혐오스러운 것들!" 그러더니 한 자 한 자 끊어서 다시 말했다. "혐, 오, 스, 러, 운, 것, 들." 왕자는 조니에게 고개를 돌려 역겨운 눈빛을 던지고는 선언했다. "나는 더 멋있는 구출자를 요구한다!" 이 왕국의 기쁨인 왕자 전하가 동굴 바닥에 앉아 입을 뿌루퉁히 내밀었다.

호랑이가 소리 없이 앞으로 나왔다. "내가 저 녀석을 데려갈게." 호랑이는 낮고 부드럽게 가랑거리며 제안했다. 그러고는 왕자에게 직접 말했다. "제 등에 올라타십시오. 왕자님은 잘생겼고 체격도 딱 적당합니다. 배가 고프면 제가 왕자님을 위해 사냥을 해 드리지요. 그리고 제가 죽인 것들을 전부 먹어도 좋습니다. 제가 당신의 하인이자 애완동물이 되겠습니다. 훗날 왕이 되시면 제 가죽을 가져다 왕궁 접견실 바닥에 깔아도 좋습니다."

조니는 왕자에게 호랑이의 말을 전했다.

"내 치아는 얼룩 하나 없이 아주 깨끗해." 올레오마가린 왕자는 뜬금없이 이렇게 말하고는 덧붙였다. "우리, 저 거인들을 죽여버릴까?"

호랑이가 대답했다. "길을 가다 자연스럽게 마주치는 거인들만 죽일 겁니다." 호랑이는 입가를 핥으면서 왕자의 대답을 기다렸다.

올레오마가린 왕자는 호랑이의 말이 그럴듯하다고 생각했다. "좋아! 가자!" 왕자는 호랑이 등에 올라타 동굴을 빠져나갔다.

왕자 이야기는 이쯤에서 끝내고 이보다는 훨씬 더 만족스러운 또 다른 결말에 대해 이야기하도록 하겠다.

올레오마가린 왕자

거인들이 물었다. "이제 어떻게 할 거야? 우리의 비밀 장소를 사람들에게 알릴 거야?"

"아니, 안 그럴 거야." 수지가 답했다.

"아니, 안 그럴 거래요." 조니가 수지의 말을 옮겼다.

"우리를 싫어하는 건 아니지?" 거인들이 물었다.

조니는 스컹크의 대답을 옮길 필요가 없었다. 스컹크의 다정한 눈빛이면 충분한 대답이 되었으니까.

거인들은 조니를 보며 다시 물었다. "너는 어때? 너는 우리를 싫어하니?"

조니는 뭐라 말하고 싶었지만 적당한 단어를 찾을 수가 없었다. 또 한 번 아는 단어가 완전히 바닥난 기분이었다.

"괜찮아. 그냥 솔직하게 말하면 돼." 스컹크가 말했다.

조니의 대답을 들어 보기 전에, 이곳과 그곳의 또 다른 차이점 한 가지를 살펴보도록 하겠다.

이곳에서는 조니 나이의 어린 소년이 돈을 다발로 모을 수 있다. 그리고 그 돈으로 뭐든 필요한 것을 살 수 있다. 하지만 그곳, 조니가 살고 있는 땅에서는 아무리 돈을 벌어도 인생에서 가장 중요한 딱 한 가지만은 살 수가 없는데, 그것은 바로 진정한 친구이다.

조니가 고개를 들었다. 돈으로도 살 수 없는 소중한 친구들이 소년을 바라보고 있었다.

"어서 말해." 수지가 속삭였다.

조니는 깊게 숨을 내쉬고 마음을 가라앉혔다. 그리고 마침내 할 말을 떠올렸다. 끊임없이 어리석은 폭력에 휘말리는 인간들을 구원해 낼 절호의 말을. 인간들이 어쩌다 한 번만이라도 진심을 담아 이렇게 말한다면 얼마나 좋을까. 조니는 말했다.

"여러분을 알게 돼서 정말 기뻐요."

그러자 거인들은 눈물을 흘렸다.

끝

"브라보!" 족제비가 외쳤다. "쿠키 더 있니?"

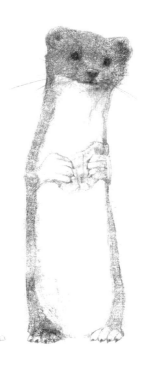

그래서 닭은 어떻게 되었을까?

닭은 백 살까지 살았다.

"닭은 그렇게 오래 못 살아." 족제비가 끼어들었다.

이 닭은 그랬다.

편집자의 말

당신의 아버지가 마크 트웨인이라면 매일 밤 잠자리에 들기 전 재미있는 이야기 한 편을 기대하는 건 어찌 보면 당연한 일이다. 트웨인의 어린 두 딸, 클래라와 수지도 그 정도는 알고 있었다. 1879년 일기를 보면, 마크 트웨인은 가족들과 함께 파리의 한 호텔에 머물 당시의 일상에 대해 이렇게 기록하고 있다.

6층에서 내 하루의 글쓰기가 끝나면, 저녁 식사가 올라오기 전까지 소파에 앉아 담배 한 모금을 피우며 쉴 수 있길 기대하면서 2층 응접실로 살그머니 들어가곤 했다. 하지만 그런 바람은 좀체 이루어지지 않았다. 아이들 방에서 문을 열고 나오면 곧장 응접실로 이어지기 때문에 아이들이 무언가를 찾으러 나왔다가 나를 발견하곤 했기 때문이다. 그러면 나는 커다란 의자에 앉아 아이들을 양쪽 팔걸이에 앉힌 후 이야기를 들려주어야 했다.

잠들기 전 일과는 이렇게 시작되었다. 클래라가 잡지를 하나 골라 이야기의 소재가 될 만한 사진이 있는 면을 펼쳐 놓고는 이렇게 말하는 것이다. "우린 준비됐어, 아빠."
마크 트웨인의 회상에 따르면 "아이들은 꽤 이상한 걸 고르곤

했다." 심지어 어느 날은 《스크리브너스》를 휙휙 넘기다가 해부학 도면을 고르기도 했다. 그는 해부학 도면을 좀 더 낭만적으로 포장해 보려 했으나 결국 포기하고("머리를 쥐어짜 봤지만 뾰족한 수가 없었다.") 조니라는 이름의 소년에 대한 이야기를 시작했다. 그 이야기가 "아주 대단한 성공"을 거두자, 트웨인은 "그 후 무려 5일 밤 동안이나 조니를 주인공으로 한 새로운 모험담을 들려줘야 했다."

얼마간 시간이 흐른 후, 트웨인은 이 이야기를 기록으로 남겼다. 흩어져 가는 기억의 조각들을 붙잡으려 급하게 적어 내려간 문장들로 이루어진 이야기는 이렇게 시작한다. "죽어 가는 미망인이 조니에게 씨앗을 준다. 옛날에 그녀가 노파에게 친절을 베풀고서 받은 씨앗이다." 16쪽 넘게 이어지던 원고는 이야기가 새로운 국면에 접어든 결정적인 순간에 갑자기 끝이 난다. "절대 잠들지 않는 힘센 용 두 마리가 지키고 서 있다." 그렇게 이 이야기는 미완성인 채로 남았다. 마크 트웨인은 잠자리에 들기 전 두 딸에게 셀 수 없이 많은 동화를 들려주었겠지만, 기록으로 남긴 것은 이 『올레오마가린 왕자 도난 사건』이 유일할 것이다.

이 기록은 마크 트웨인 사후 버클리에 있는 캘리포니아 대학의 마크 트웨인 기록 보관소로 이관되었다. 2011년 원스럽 대학의 마크 트웨인 연구자인 존 버드 박사가 마크 트웨인 요리책을 구성하기 위해 요리 관련 자료를 찾다가 기록 보관소에서 이 미완성 이야기의 존재를 알게 되었다. 버드 박사는 해당 파일에 '올레오마가린'이라는 단어가 있어서 신청해 보았다고 한다. 그렇게 해서 마크 트웨인이 파리에 머물 당시 아이들에게 들려주었다고 일기에서 언급한 이야기가 미완성 동화로 남아 있음이 세상에 알려진 것이다. 마크 트웨인 기록 보관소 소장인 로버트 허스트 박사에 따르면, 이 책은 마크 트웨인이 자녀들에게 잠자리에서 들려준 이야기를 최초로 발굴, 연구해 낸 결과물이다.

하지만 일부 장면만 남아 제대로 정리도 되지 못한 채 100년 넘게 기록 보관소에서 잠자고 있던 미완성 동화에 감히 그 누가 손을 댈 수가 있었을까? 다행히도 칼데콧상을 수상한 작가 필립과 삽화가 에린 스테드 부부가 이 일을 맡아 주었다.

필립은 마크 트웨인이 남긴 글들을 이 동화의 출발점으로 삼았고, 자신과 마크 트웨인이 주고받은 대화를 바탕으로 이야기가 구성된다고 상상하며 작업을 진행하기로 했다. 작업을 위해 미시간호수의 비버섬으로 내려간 필립은 마크 트웨인이 남긴 스토리 라인과 기록물에서 찾아낸 구체적인 인용문으로 이야기를 시작해, 자신의 문장과 트웨인이 남긴 미완성 동화를 자연스럽게 섞어 1만 단어 분량의 원고로 엮었다. 에린 스테드는 고전적 재료와 최첨단 기법, 예를 들면 목판, 잉크, 연필, 레이저 커팅 등을 조화롭게 사용해서 익살맞고 유머 감각이 넘치면서도 감동을 주는 아름다운 삽화를 그려 내어 이 새로운 작품을 빛내주었다.

이 책은 문자 그대로 시간을 거슬러 우리 앞에 찾아온 작품이다. 19세기 잡지의 해부학 도면에서 비롯된 소년 조니의 이야기는 오늘날 세대를 초월해 마크 트웨인이라는 작가에 열광하는 모든 팬들을 위한 것이다. 폭정에 맞선 선량한 인간들의 명예와 용기에 관한 이야기 속에 마크 트웨인 특유의 독창성과 유머 감각이 반짝이고 있는 것을 확인할 수 있다. 마크 트웨인은 물론 클래라와 수지도 이 책을 마음에 들어 할 것이라 믿어 의심치 않는다.

마크 트웨인 박물관

올레오 마가린 왕자 도난 사건

1판 1쇄 발행 2019년 5월 1일
1판 1쇄 발행 2019년 5월 15일

지은이 마크 트웨인, 필립 스테드
그린이 에린 스테드
옮긴이 김경주
펴낸이 김영곤
펴낸곳 (주)북이십일 아르테

문학미디어사업부문 이사 신우섭
문학사업본부 본부장 원미선
책임편집 양한나 **디자인** 박지영
해외문학팀 손미선 이현정
문학마케팅팀 정유선 임동렬 조윤선 배한진
문학영업팀 권장규 오서영
해외기획팀 임세은 이윤경 장수연 **홍보팀장** 이혜연 **제작팀장** 이영민

출판등록 2000년 5월 6일 제406-2003-061호
주소 (10881) 경기도 파주시 회동길 201(문발동)
대표전화 031-955-2100 **팩스** 031-955-2151

ISBN 978-89-509-8096-2 03840

아르테는 ㈜북이십일의 문학 브랜드입니다.